www.ingramcontent.com/pod-product-compliance
Lightning Source LLC
LaVergne TN
LVHW010702200726
843507LV00011B/1967

تطور شخصية المراهق والشاب

1

دار حروف منثورة للنشر والتوزيع

مؤسس الدار

مروان محمد

الطبعة الأولى

الكتاب: تطور شخصية المراهق والشاب

المؤلف: وفاء السيد سليمان

تصنيف الكتاب: قصص

تصميم الغلاف: فريق الدار

تنسيق داخلي: فريق الدار

مراجعة لغوية: مؤمن عفيفي

رقم الإيداع: 2021/2879م

الترقيم الدولي: 7-1139-4663-8-978

Website: https://horofpdf.wixsite.com/ebook

Fan page: http://facebook.com/herufmansoura

Email: herufmansoura2011@gmail.com

هاتف جوال: 00201113006296 – هاتف جوال: 00201064054995

دار حروف منثورة للنشر والتوزيع لا تتحمل أي مسئولية اتجاه المحتوى الذي يتحمل مسئوليته الكاتب وحده فقط وله حق استغلاله كيفما يشاء سواء بالنشر مع الغير أو بأي وسيلة أخرى.

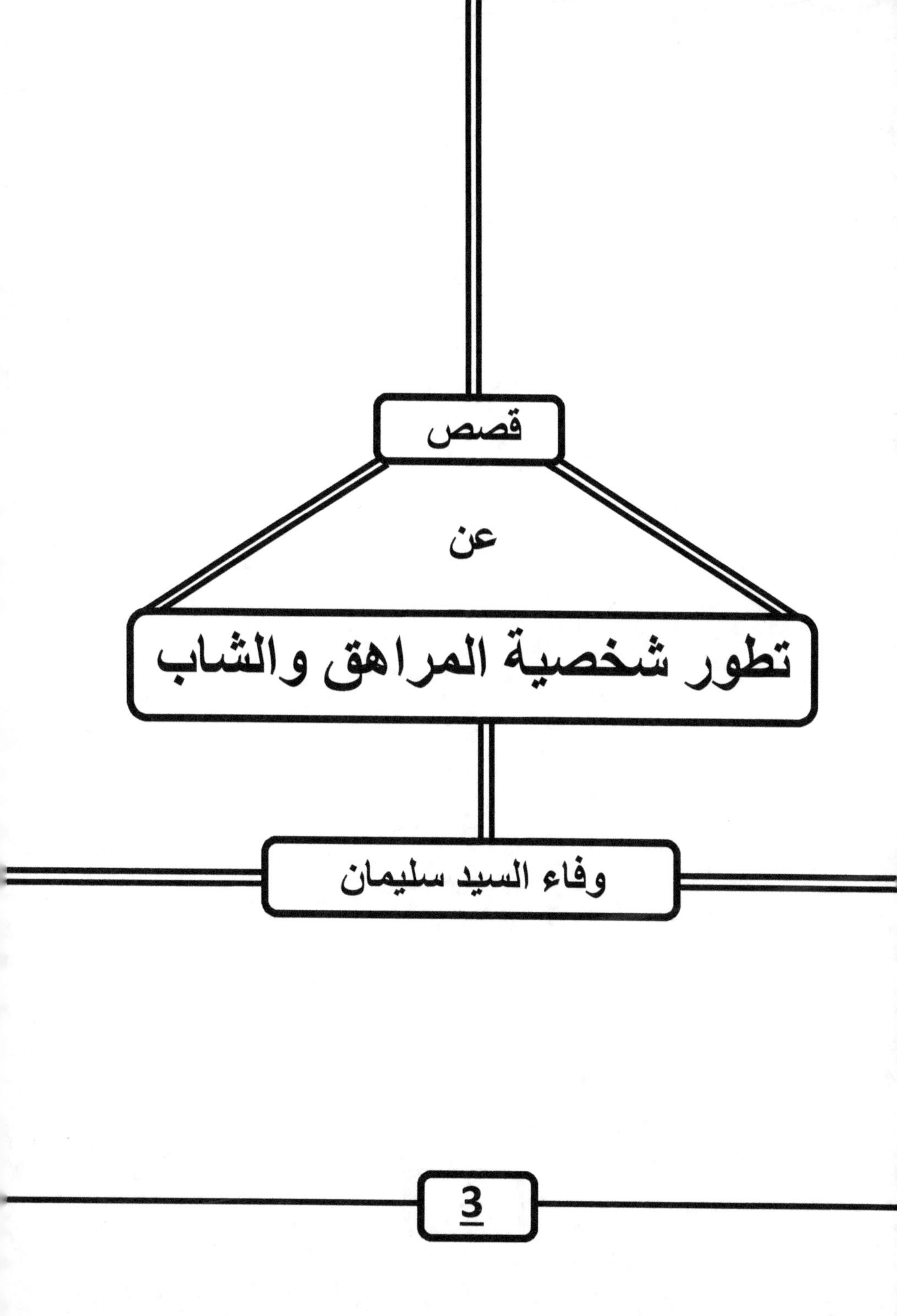

قصص
عن
تطور شخصية المراهق والشاب
وفاء السيد سليمان

4

إلى عملية بناء الشخصية الإنسانية، فهي تبدأ مع بدء حياة الإنسان، وتنتهي مع نهايتها ، أي أنّها ليس لها حدود، وهي تمر بمراحل تطورية مع تطور نموّ الانسان، وكلّ مرحلة مِنْ مراحل النموّ التي تضفي على شخصية الإنسان طابعاً شخصياً فريداً.

هذه المجموعة القصصية لكلّ إنسان يسهم في بناء شخصية المراهق، والشاب لصناعة قائد الغد، وأيضًا لكلّ شاب، أو فتاة في مقتبل العمر. حريصان على بناء شخصيتهما، وتقويمها. يحاولان استعادة توازنهما باستمرار.. والآن.. افتحا قلبكما.. وعقلكما للقراءة.

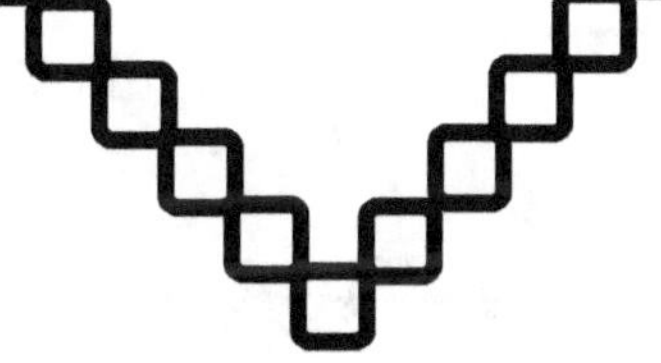

التواصل الاجتماعي

في إحدى الثانويات اجتمعت ثلاثة صديقات مقربات، و أردن التدريب و التخطيط لعمل شيء مميز في حفلة تخرجهن من الثانوية، ليبقى ذكرى غالية لصداقتهن، وللأيام الخوالي، التي قضينها مع بعضهن، سارة ونورة وسعاد مقربات جدًا، و يكن لبعضهن الحب و الاحترام، وهن دائمًا يتشاركن أفكارهن، وهمومهن، وأفراحهن، و يزرن بعضهن البعض، لكنّ صديقتهن سعاد ترفض زيارتهن لبيتها متحججة بعدّة أسباب، وسارة ونورة لا يضايقاها، و لم يهتما يوماً بهذا الموضوع، بل كان كلّ اهتمامهما مُنْصبًا على الدراسة و التخرج والتحضير لليوم النهائي، وهو حلمهن الكبير المشترك .

ومنذ بداية العام اهتمت الصديقات بالبحث والكتابة والتفكير في النشاط الذي سيقدمونه، حتى اتفقوا على أداء مسرحية في الحفل، فقاموا بكتابة النص، واختيار الموضوع، وتوزيع الأدوار وتنظيم مواعيد التدريب.

ومرت الأيام. وجاء حفل الافتتاح والتخرج، وصعدت الفتيات إلى المنصة، وبدأن أداء المسرحية كل فتاة حسب دورها، وكان كلّ شيء يسير كما خطّطن له تماماً.

غير أنّ ما عكر صفو ذلك الاستعراض الجميل، ووضع الجميع في حالة من الاستغراب، وغيّر مَنْحى البهجة والسرور إلى التعجب والاستهزاء هو أنّ سعاد أخذت تحرك يديها، وجسمها، وأصابعها، وملامح وجهها بطريقة غريبة، و بعيدة كلّ البعد عن ما تم التخطيط له، و التدرب عليه تدريبات عديدة و متقنة طوال عام كامل من الكدّ و الاجتهاد، إلى درجة أنّها كادت تعيق حركات سارة ونورة بحركاتها الغريبة المستهجنة، وتجعلهما يفقدان قدراتهما على متابعة الأداء، كما هو متفق عليه!

حاولت سارة إيقافها، ولكنّها أصرت على الاستمرار فيما تفعله، وحاولت نورة دفعها إلى الانضباط، لكنْ، دون جدوى، إلى درجة أنّ نورة من شدّة الغضب كادت تسحبها عنوةً، و تسقطها أرضاً، وسعاد لا تكترث لأحد، وتتمادى في حركاتها، التي لفتت أنظار الجميع، وأخذت تتعالى ضحكات وقهقهات الحاضرات المندهشات ممّا يحصُل، فشابة جميلة وطالبة ناجحة من النادر، أو المستحيل

أن تفعل هذا، وما كان من سارة و نورة إلا الانسحاب من الخشبة تاركتان سعاد وحدها تكمل أداء حركاتها .

حاولت نورة إلهاء المديرة، التي سال عرق وجهها من شدة الخجل، وتركت مقعدها، واتجهت نحو معلماتها، وهي تقول: ستحرم سعاد من شهادتها، فتصرّفها هذا سَبّبَ لي الإحراج أمام الحضور، وما كان من نورة إلا الصمت في خيبة أمل كبيرة.

ووسط كل هذا الذهول انتبهت سارة و نورة إلى أم سعاد، التي كانت طوال الوقت واقفة تصفّق لابنتها بحرارة، وفخورة بفعلتها، وكأنّها تحثها على الاستمرار بعبثها غير المفهوم هذا!

وما إن انتهت المسرحية التي أصبحت مهزلة كارثية حتى اندفعت سارة و نورة إلى خشبة المسرح، وسحبتا سعاد من ذراعها بكل قوّة، وسألتاها : "ما هذه الحركات الغبية التي لم تكن مكتوبة في نص المسرحية؟"

فقالت : بكل برودة "لأن أمي كانت موجودة .."، فتعجّبا الصديقتان من الرد، وواصلت بكل ثقة : "إن أمي لا تسمع ولا تتكلّم، وأردت أن أقوم لها بالترجمة على طريقة الصم البكم، كي

تعرف كلمات المسرحية، وتفهمها، لأنّي أريدها أن تفرح، وتستمتع كبقية الأمهات الموجودات، مثل أمك و أمها، ولا أريد أن تحس أنها مختلفة عنهنّ..

حينها انهارت الصديقتان بالبكاء، وحضنتاها باكيتين، وعرفتا أخيراً سبب عدم قبولها للزيارة في بيتها، ثُمَّ توجه الثلاثة بكل قوّة و ثقة، توجهن إلى مكتب المديرة، ليقفن مع صديقتهن حتى لا تحرم من شهادتها، وشرحن الموقف لها، ولقد تفاجئت سعاد واستغربت من المديرة، وهي تعتذر منها، وتطلب منها أن تبلغ اعتذارها لأمها، فلقد ذهبت المديرة إلى أمها، ووبختها، وعاملتها أسوأ معاملة، وهي لا تعلم بوضعها.

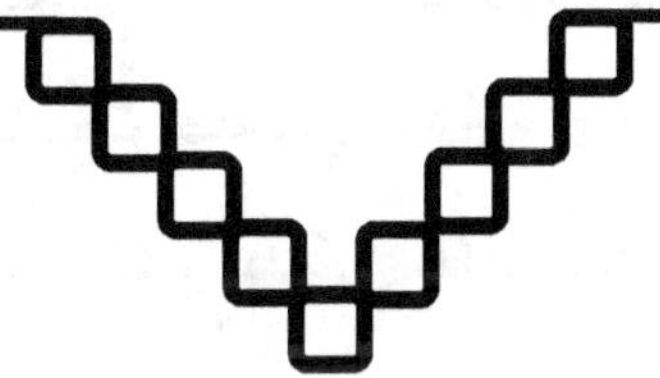

مقتبل الأمل

سامي شاب في مقتبل العمر يدرس في السنة النهائية للمرحلة الثانوية، وهذا العام يحضر لنيل شهادته، و الدخول إلى الجامعة، وهو حلم ينتظره منذ سنوات، ولكن شاءت الأقدار أن يدخل سامي إلى المستشفى بعد تعرضه لحادث سير مأساويّ.

اليوم سامي ملقى على سريره في المستشفى يائساً حزيناً، وقد منعه الأطباء من الجلوس، أو التحرك. عليه أنْ يبقى ملقى على ظهره، وكان بجنبه مريض آخر يجلس على السرير الثاني، و هذا المريض يسمح له طبيبه بالجلوس مدّة ساعة واحدة فقط في اليوم، لتأتي الممرضة، وترجعه في وضعية الاستلقاء، ولقد أصبح سامي و هذا المريض الذي يُدْعى عماد صديقان يتحدثان مع بعضهما، و يتجاذبان أطراف الحديث حتى لا يشعرا بالملل.

كان سامي محبطاً و تعيساً، وكلّ أحلامه ضاعت بسبب هذا الحادث، وهو لا يستطيع النظر إلى من حوله، ولكنّ صديقه عماد

المريض و زميله في الغرفة يحاول دائماً تشجيعه، وإزالة الهم عنه، ولأنّ عماد كان بإمكانه الجلوس ساعة واحدة في اليوم، وذلك وقت العصر. وكان سريره بجانب النافذة، لذلك كان يخفف عن صديقه سامي وجعه و ألمه بأن يحكي له عن المظاهر الخارجية. وكيف يمشي الناس، ويتجلون خارج المستشفى؟ واعتاد سامي على هذه الساعة الجميلة و عماد يحكي له ما يحدث بالخارج.

وفي صباح يوم آخر في المستشفى، تأتي الممرضة لمراقبة حالة المريضين كالعادة، فيسألها سامي عن الجوّ بالخارج، فتخبره أنّ الجوّ بارد جداً بعد تساقط الثلوج ليلة أمس، والثلوج متراكمة في كل مكان، فينتظر سامي ساعة جلوس صديقه، ليحكي له أحوال الناس من النافذة، فيخبره عماد بكل حماس أنّ المدينة اكتست حلة بيضاء، وجميع الناس يرتدون معاطف صوفية، وقفازات، ويلعبون بالثلج، وهناك الكثير من الأطفال قد اجتمعوا وقاموا بصناعة رجل الثلج، وهم يلتقطون الصور بجانبه، والأشجار الخضراء أصبحت بيضاء، كأنّها أثمرت فاكهة بيضاء، فقام سامي يضحك ويمازح صديقه: هل تحب أن أذهب و أقطف لك بعضًا من

هذه الثمار؟! ونسى الصديقان همّهُما و ألمهما للحظات قبل أن يستلقي عماد مجدداً على سريره، فالساعة تمضي بسرعة.

و مضت الأيام هكذا، وانتهى فصل الشتاء ، وجاء فصل الربيع، واليوم أتى الطبيب بخبر مفرح لسامي يخبره بأنّ بداية من الغد سيسمح له بالجلوس لمدة ساعة أيضاً، وأنّه في تحسن مستمر، وجسمه يتفاعل مع الأدوية، وهكذا سيتمكن بعد العلاج من الخروج ماشيًا على أقدامه.

يسرّ عماد بخبر صديقه الجميل، ويقترح عليه أن يحكي له ما يحدث من النافدة لآخر مرّة، و بعد اليوم سيستمتعان معاً بالمشاهد الخلابة، و المناظر الممتعة، التي كان عماد يصفها لصديقه دائماً.

يقول عماد لصديقه: اليومُ مشمس و جميل فنحن في فصل الربيع، والجوّ معتدل، والساحة اكتست حلّة زاهية بألوان عذراء، فالأشجار خضراء، وهناك الأزهار بألوان مختلفة: الحمراء والصفراء، والناس يتجولون حول هذا المكان الجميل، وتوجد نافورة مياه وسط الحديقة، والكثير من الأطفال يلعبون ويسرحون.

قضى عماد وسامي هذه الأمسية في بهجة وسرور، فَرِحَا بتحسن حالته الصحية، منتظرين اليوم الثاني بكلّ لهفة و فضول. وفي صباح اليوم الموالي يستيقظ سامي على صراخ الممرضة التي تنادي الأطباء بصوت حزين، وتتسارع الممرضات بالدخول إلى الغرفة، وسامي ملقى على سريره لا يفهم ما يحصل حتى سمع الدكتور يقول: إنّا لله و إنّ إليه راجعون؛ ودخل في حزن عميق وألم كبير لفراق صديقه، و نسي موضوع تحسن صحته، إلى أن جاءت ساعة العصر، الساعة الممتعة التي يدخل فيها مع صديقه عالم الأحلام، عالم ينسون فيه الهموم و الآلام.

وجاءت الممرضة كعادتها، لكنّ مريضها قد مات و سريره مازال فارغاً، فتجلس بالقرب من سامي تحاول تخفيف الحزن عليه، ويطلب منها سامي أن تنقله إلى سرير صديقه، فهو مجاور للنافدة التي تطل على عالمهما، وفعلاً نادت الممرضة من يساعدها في نقل سامي إلى السرير المجاور، ومساعدته في الجلوس لمدة ساعة كما سمح له الطبيب.

تركت الممرضة سامي في الغرفة لوحده، وقد أغمض عينيه، لم يستطع فتحهما للنظر من النافدة، و قد اتفقا البارحة على المشاهدة

معاً، وهو اليوم وحده، ثم استجمع قواه، وفتح عينيه، وصرخ بأعلى صوته ينادي الممرضة.

أسرعت الممرضة إليه، وسألها مباشرة: هل هذه هي النافدة التي كان يُطل منها زميلي عماد يوميّا، فأجابته الممرضة بنعم، فقال لها أنّ صديقه كان يحكي له عن مناظر جذابة وناس كثيرين يتجولون في حديقة حول بركة جميلة، وعن أشياء و أشياء كثيرة، ولكن هذه النافدة تطل على ممر داخلي في المستشفى.

أخبرت الممرضة سامي حينها أنّ عماد كان أعمى ولا يرى شيئاً، فبهت سامي و اندهش وعرف أنّ عماد كان يحاول إسعاده وإبعاد الهموم عنه، ولم يشك يوماً بعدم قدرته على النظر.

كان عماد متفائلاً مبتسماً رغم إعاقته، و أراد مساعدة سامي، ليتخطى صدمته، ويواصل حياته، ويغرس في قلبه الإيمان والصبر بالرغم من أنّ حالته كان ميئوساً منها، ولكنه كان إيجابياً، وعاش آخر أيامه سعيداً، و ناشراً سعادته إلى كل من حوله، وبقى سامي يتذكر عماد بروح مقاومة، وقلب صابر، و إيمان قوي حتى جاء اليوم الذي خرج فيه من المستشفى، وعاد مجدداً لمدرسته لمتابعة دراسته.

اختبار الموت

كانت إيمان فتاة جميلة، نشيطة و ذكيّة جداً، تعيش لوحدها مع والدتها بعد أن توفي والدها، وفي هذا المجتمع الكثير من المشاكل، وفوضى الأخلاق المنتشرة، ويصعب تربية البنات وتخلّقهم الأخلاق الحسنة و الطيّبة، و لأنّ سلمى ما تزال صغيرة على فهم كل الأمور حولها فهي لا تدرك الحكمة وراء كل أحكام الدين، وكثيراً ما تعارض أوامر أمها.

وجاءَ اليوم الذي تجرّأت فيه إيمان، وطلبت من أمها أن تسمح لها بالخروج مع شاب أحبته، وإن لم تسمح لها بذلك، فستفعله رغماً عنها محتجة بأنّ معظم الفتيات لهن أصدقاء.

ولأنّ أمّ إيمان ذكية، و لا تريد من ابنتها أن تستجيب لأوامرها فحسب، بل تحب أن تفهم الحكمة من كل ما هو محرم، أو محلل في ديننا، وتحاول دائماً إيجاد الطرق المناسبة ، ولقد حصل بينهما هذا الحوار:

تقول الأم: ببساطة تريدين الخلوة معه.

إيمان: شيء عادي، فهو سيطلبني للزواج إذا اتفقنا مع بعض وكل الفتيات هكذا.

الأم: و إن لم تتفقا تنتهي علاقتكما.

سلمى: قضاء وقدر (وهي تمتم) عادي.

الأم: ثم تتعرفين على شاب آخر، و نفس القصة إذن.

سلمى: هكذا كل الفتية و الشباب.

الأم: حسنا لك ما شئت، لكنْ، بشرط. أن تنفدي هذا الشرط كاملاً.

اندهشت سلمى كثيراً، و لم تنتبه إلى ما سيكون الشرط، هي فقط متلهفة للخروج مع الشاب الذي أحبته، ولن تفكر في العواقب، فأمها سمحت لها بذلك، و ستكون معها مهما كانت المشكلة.

في صباح اليوم الموالي و أثناء الفطور تخبر أم سلمى عن الاختبار، وأنّ لديها أسبوعاً لهذا الاختبار، وعليها تنفيذه كاملاً حتى تسمح لها بمقابلة الشاب.

بدأت الأم تشرح لإيمان ما الذي ستفعله هذا الأسبوع، خطوة بخطوة، وإيمان تنصت باستغراب وتعجب، فلقد بدا الموضوع سهلاً، و لم تفهم الحكمة من ورائه، وكل ما همها أن تبذل قصارى جهدها، و تتغلب على أمها، وتنجح في الخروج مع ذلك الشاب دون مضايقة أمها لها.

ها قد مرّ اليوم الأول من الاختبار، وجاءت إيمان مساءً فرحةً مبتسمةً تقول لأمها: لقد رميت نفسي، كما أمرت أمام القطار، ولقد تسارع الجميع لنجدتي، و أنا متظاهرة أنّه سيغمى علي، و أنني لم أنتبه إلى المكان وخطورته، فتبتسم الأم في ثقة تامّة، وتخبرها أن تعيد الكرة غداً.

ومرّ يوم ثانٍ أيضاً، وعادت إيمان إلى المنزل واثقة من نجاحها مجدداً، وهي تظن أنّ باقي الأيام ستمضي هكذا، وبالفعل أخبرت أمها بما حصل، والأم تراقب في صمت. واستمر اليوم الثالث والرابع، والأم تلاحظ تغيراً في ملامح وجه ابنتها مساءً، لكنَّ إيمان تحرص على إظهار صبرها و نجاحها مجدداً، و أنّها عندما تتظاهر بالإغماء أمام القطار، يأتي الناس لنجدتها، ولكن في اليومين الثالث و الرابع لم يأتِ إلا شخص واحد لنجدتها ومساعدتها على

النهوض. وكانت للحظة ستُفنى من الوجود، لأنَّ القطار كاد يدهسها.

ونحن الآن في اليوم الخامس من الاختبار، وإيمان تهم بالخروج من المنزل، و انتبهت الأم أنّها لم تعد في كامل قوتها، و أنّ حماسها لم يعد كما كان، ولكنَّ الأم لم تنطق بحرف واحد، بل صرخت في وجهها: لم ينتهِ الاختبار بعد، ومازال أمامك يومان، وسأنتظر عودتك مساءً، لأعرف نتيجة هذا اليوم.

عادت إيمان مساءً مستاءة لما حصل لها، وقد دمعت عيناها، وانهارت بالبكاء في حضن والدتها، وبدأت تلومها: ليتك رفضت طلبي و حبستني في غرفة بدلًا من كل هذه المهزلة، وهذا العناء، لقد كدت أموت اليوم، فلم يتقدم أحد لمساعدتي، واضطررت للنهوض وحدي، بل وكدت أموت خجلًا، فبعض الناس كنت أراهم يومياً و قد سخروا مني، لأنّهم رأوني أفعل هذا منذ خمسة أيام فاستهزأ الجميع بي وأخذوا يضحكون و يضحكون، وما كان منّي إلا الركض مسرعة إلى البيت.

لم تحدث الأم ابنتها عن أي شيء، و تركتها ترتاح في غرفتها، وطلبت منها عدم الذهاب إلى المدرسة، حتى تدرك نفسها، وتتجاوز هذه الصدمة، لقد تركتها تراجع نفسها، وتتفكر فيما حدث لها، لقد كان درساً قاسياً لن تنساه، وأول شيء تعلمته هو أن تطيع أمها دون مناقشتها فهي الأدرى بمصلحتها.

و بعد مرور أيام تقدمت إيمان في خجل و استحياء تطلب العفو من والدتها، وتستفسر عن علاقة هذا الاختبار بما طلبته منها، هل لأنها تعرف أنّه صعب و لا يمكن اجتيازه، أو لأنّها اجتازته من قبل أم لماذا بالضبط؟! فتعانق الأم ابنتها وتخبرها بالسبب الحقيقي وراءه.

ابنتي الغالية أرأيت عندما لبست أحسن ثيابك و تعطرت، وكنت في أجمل حلة، حينها عندما رآك الناس كنت كزهرة متفتحة في أعين الجميع، و كجوهرة نادرة، كأنّه لا يوجد غيرك، لذلك تسارع الجميع لإنقاذك، ولكن مع مرور الوقت عرف الجميع من أنت فكرهوك، ولم تعودي بنفس القيمة عندهم، حتى جاء اليوم الذي لم يبق فيه رجل واحد ينظر إليك نظرة شفقة، هكذا يا ابنتي صحبة الشباب؛ اليوم أنت جميلة و حسناء ويتمناك الجميع لكن إذا خرجت

مع هذا وذاك، سيأتي يوم يكرهك فيه الجميع، بل وسيشمئزون منك، ولن يتمكنوا حتى من الشفقة عليك، يا ابنتي عليك أن تبقي في نظر الجميع، كالملكة لا تسمح لأحد إلا بالنظر إليها من بعيد واقفة شامخة بدينك و أخلاقك، ولا أحد يحق له الجلوس والخلوة معك إلا الزوج المناسب لك، فهل فهمت الآن لماذا منعتك من الخروج مع ذلك الشاب؟! حدث كلّ هذا احتراماً لكرامتك، كي تبقي تاجاً فوق رؤوس الجميع. غالية مقدرة، ولا تصبح كرامتك مداسة تحت الأقدام.

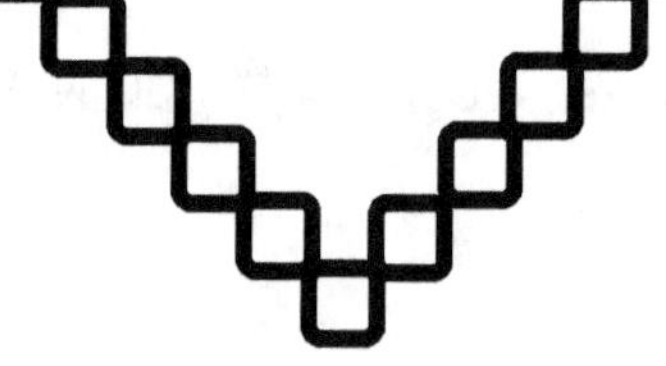

لا للمشكلات

إنّه الدخول المدرسي الجديد، وفي ساحة الثانوية يستمتع الطلبة الجدد بالتعرف على ثانويتهم، ويقومون بالتجوال في كلّ أقسامها، والطلبة القدامى يرافقونهم، وفي بداية العام الدراسي مِنْ كلّ عام يأتي معلمون جدد. والتعرّف عليهم شيء ممتع وجميل، واليوم طلاب الصف النهائي، سيتعرفون على معلمة جديدة في مادة العلوم، وكان الكلُّ متحمساً لما ستقوله، وكيف سيكون تعاملها معهم.

لقد كانت معلمة شابة وهذه هي بدايتها في التعليم، وأرادت أنْ تعتمد على التطبيق أكثر في طريقة تدريسها، لذلك طلبت من جميع تلاميذها الاجتماع في فناء الثانوية، وذلك لتقدم لهم أول درس.

اجتمع جميع الطلبة في نشاط وسرور. فدرس خارج الفصل سيكون ممتعاً و شيّقاً، وليس مملاً كباقي الدروس، ولقد حظيت هذه المعلمة بحبّ واحترام الجميع من أول حصة لها، فأسلوبها

الراقي و الذكي في التعامل مع الطلبة جعلها تؤثر بسرعة في عقولهم، و تتملك قلوبهم، و هكذا سينصتون لكلّ ما ستقوله، وسينفذون أوامرها بكلّ حب وإتقان.

وباشرت المعلمة بالتعريف لنفسها، ومحاولة التعرف على جميع طلابها، وذلك بطرح بعض الأسئلة، ومناقشتها، ثُمَّ بدأت تشرح لهم البرنامج، الذي سيتلقونه هذا العام، ولأنّه فصل الخريف. فلقد كانت أوراق الأشجار تتساقط بكثرة، وانتبهت المعلمة إلى كثرة القارورات المرمية في الساحة، والفوضى المنتشرة، فقررت أن توكل مهمة تنظيف الساحة وترتيبها إلى طلابها، لتكون أول مهمة تطبيقية و تجريبية لهم.

لقد قامت المعلمة بتقسيم الطلبة إلى مجموعتين، أو فرقتين، وتركت لهم حرية اختيار زملائهم، وأحضرت قمصاناً بلونين الأخضر و الأحمر، فيتشكل بذلك فريقان؛ الفريق الأحمر، و الفريق الأخضر، وقدمت لهم مهلة أسبوع لإنهاء عملهم حيث يهتم الفريق الأحمر بالجزء الأيمن من الساحة، والفريق الأخضر بالجزء الأيسر، وسيكون تقييم عمل المجموعتين في الحصة المقبلة، ولهم حرية اختيار الأدوات وطريقة التنظيف على أن يكون ذلك

خارج الوقت المحدد لحصصهم التعليميّة الأخرى، والفريق الناجح هو الذي ينتج عملاً متقناً، وغير مكلف، وفي زمن أسرع.

بدأ الفريق الأحمر بالتخطيط للمهمة، فقاموا بجمع المال، وشراء المكانس، ومواد التنظيف، وقاموا بجمع النفايات، ووضعها في أكياس القمامة ، ثم استأجروا سيارة لرمي هذه القاذورات، وانتهوا من مهمتهم بعد تعب كبير، وانهاك شديد متأخرين عن الفريق الثاني، ولكن مشكلة الأوراق المتساقطة، لا تزال قائمة كما أنّ رمي القارورات والأوراق حدث متجدد، ولم يستطع الفريق التخلص من هذه المشكلة، وبدا الجزء الأيسر أنظف و أجمل بكثير من الجزء الأيمن.

أمّا الفريق الأخضر فقد اجتمع أعضاؤه في اليوم الأول، وقرروا إيجاد حلٍ للمشكلة أولاً، قبل البدء في التنظيف لأنّهم يعلمون أنّ كل شيء سيعود كما كان، وببساطة قرروا إعادة تدوير القارورات إلى تحف فنية تزيّن الفناء، كما قاموا باستخدامها لصناعة مكانس تمكنهم من جمع الأوراق المتساقطة، واستطاعوا صناعة قمامات خاصة بالأوراق و الفضلات الأخرى، التي يرميها الطلاب، ووضع لافتات فوقها، ليفهم باقي الطلاب أنّ هناك مكان لرمي الفضلات،

و كان ذلك منتشراً في كل زاوية من زوايا الجزء الأيسر من الفناء المخصص لهم، فهكذا تخلصوا من عدّة مشاكل بطرق بسيطة.

في صباح يوم النتائج، انتظر الجميع حصة العلوم، وبلهفة كبيرة يترقبون قدوم المعلمة، وينتظرون الخروج إلى الفناء لمعرفة النتائج، و الهدف وراء هذا الاختبار، وفعلاً اجتمع الجميع في المكان، و لاحظ الفريق الأخضر أنّ الجهة الأخرى مازالت تعاني من الفوضى كما كانت، رغم أنّهم لاحظوا زملائهم، و هم يتعاونون و يكدون لإنجاز مهمتهم إلى آخر لحظة.

الأمر كان واضحاً، و الفريق الفائز حقق إنجازاً يستحق الثناء، وعندها قامت المعلمة، وأخبرت الجميع من فائدة هذا الاختبار، فليس من الصعب على الدوام حل المشاكل، و لا يتطلب الكثير من المال و الأدوات، ويمكن أن يكون الحل داخل المشكل نفسه، ولقد كان هناك عامل يهتم بتنظيف الفناء، و لكنّه ترك هذه المهمة، لأنّه يكررها يومياً بلا فائدة، ولو أنّه عالج المشكل الرئيس، لأصبح يُنهي عمله في دقائق قليلة كلّ صباح.

الفريق الفائز لم يذهب ليكلف نفسه، بل تعمق في المشكل نفسه ليفهمه، ولقد كانت فكرتهم ناجحة، وسُرّ الجميع بها، وطلبت المعلمة منهم تعميم هذه الطريقة على كلّ ساحات المدرسة، فأصبحت تمتاز بالجمال والتنظيم بين كلّ المدارس المجاورة، وتعلّم الجميع من هذه التجربة مهارة حل المشكلات.

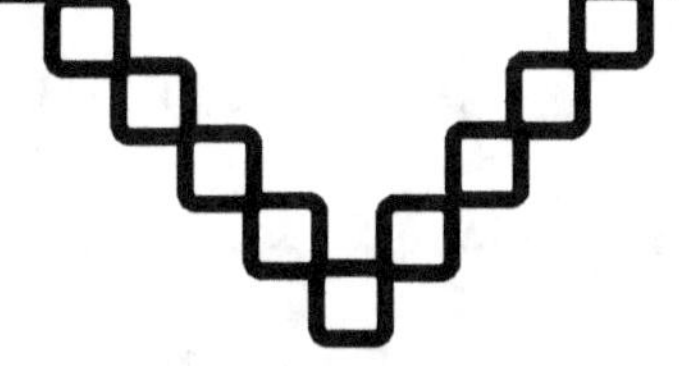

تقدير الذات

في وسط المدينة حيث تزاحم الناس و السيارات، وكثرة الهواء الملوث واللا فتات، حينما تنظر من شرفة أحد أعلى البنايات، ويظهر لك جميع الناس، وكأنّهم قرية لنمل صغير، يصطدمون ببعضهم البعض أثناء المشي، وهم يتسارعون نحو أماكن وظائفهم، أو ذاهبون لمدارسهم، كل هذا الازدحام، وهذه الفوضى تلازم عادل يوميًا، الذي لا يذهب للمدرسة مثل أقرانه، رغم أنّه كان ذكيًا جدًا، و ناجحا في دراسته، ظروفه و حاجته للعمل جعلته يقف هنا يوميًا لساعات طوال يبيع الأقلام، هنا في مفترق الطرق، وأمام محطة القطار السريع.

والد عادل متوفي، وله ثلاث أخوات بنات أصغر منه، وأصغرهن لا تزال رضيعة، فلا يمكن لوالدته الخروج للعمل، هو الآن يضحي من أجل عائلته ؛ من أجل العيش.

اسودت الدنيا في وجه عادل، ولا يستطيع التفكير إلا في مستقبله الضائع، يكاد يتكلم و يرد على من يشتري منه الأقلام وابتسامته نادرة جدًا، وهذا يؤثر على تجارته البسيطة، فالناس ينفرون من شخص مكشر. تبدو ملامح الحزن في وجهه، وهو يسرح أثناء بيعه للأقلام، يسرح إلى أين أخذته الأيام، وأين سيكون؟ ربّما لو لم يمت والده، لربّما سيكون هو من يشتري الأقلام له و لإخوته ويأخذهم إلى المدرسة.

وفي يوم مشمس جميل، حيث كان الهواء العليل يتسرب بين خصلات شعر عادل الناعمة، تتوقف أمامه سيارة فخمة بيضاء اللون، و ينزل زجاج نافذتها ببطء، ليظهر سائقها، و قد كان رجلًا وسيّما ما يتضح لملامح الثروة في وجهه. يمد يده وبها ورقة المائة دينار، ليشتري قلما من عادل، وبينما يد عادل تناوله القلم تفكيره كان بعيدًا جدًا غير حاضرٍ للموقف كالعادة.

يفيق عادل من سرحته، فيجد الرجل قد مضى، ولم يأخذ بقية النقود، يستاء عادل كثيرًا، فهو لا يقبل الصدقة من أحد، وينتظر أن يعبر ذلك الطريق مرّة أخرى من أجل أن يرجع له ماله، لذلك يتعمد عادل الوقوف في نفس المكان يوميًا، رُغم أنّ المارة من

هناك قليلون جدًّا، ويُراقب جميع السيارات باللون الأبيض المشابهة لتلك السيارة.

وفي يوم آخر كالعادة يقف عادل حاملًا مجموعة أقلامه ينتظر شاريًا، فإذا بالسيارة نفسها تتوقف أمامه، فيتذكر عادل ذلك الرجل بمجرد نزول نافذة السيارة، فيبتسم عادل، ويسرع بإخراج النقود من جيبه، ليقدمها له، ويحصل بينهما الحوار التالي.

عادل: تفضل سيدي، هذه نقودك.

الرجل: توقعت ذلك من رجل أعمال كبير مثلك.

عادل: في دهشة واستغراب. أنا! وهو يتمتم أنا بائع أقلام فقط.

الرجل: بيع الأقلام، أليس عملا؟

عادل: بلى.

الرجل: الأعمال مهما كانت صغيرة، أم كبيرة تحتاج إلى رجل يديرها، وأنت تدير أعمالك، إذن فأنت رجل أعمال.

عادل: رجال الأعمال يجنون الكثير من المال، وأنا لا أجني غير ما يسد جوعي، وجوع إخوتي.

الرجل: المال يأتي درجة درجة، ومع مرور الوقت، وبالصبر. أنت الآن رجل أعمال صغير بحكم سنك، وغدًا ستكون رجل أعمالًا كبيرة، لا تيأس.

عادل: (وهو يتمتم) حسنًا، يمكن أن أُصبح كذلك، صراحة، لا أعرف.

الرجل: ابتسم وحسب (وهو يغلق نافدة سيارته و يمضي)

مرت الأيام وعادل يستمر في تجارته الصغيرة، ينتهي يوم، ولا يبيع فيه قلمًا. وأحيانًا يبيع القليل من الأقلام، و كل يوم يعود منهكًا إلى البيت. وعندما يضع رأسه على وسادته، لينام يكاد يحس بأعضاء جسمه من شدة التعب، ولكنه يكرر دائمًا في نفسه مقولة ذلك الرجل.

قرر عادل تغيير مكان بيعه للأقلام، و اختار مكانًا في منتصف المدينة، فلاحظ تحسنًا في مدخوله اليومي، كما لاحظ أنّ كل من

يشتري قلمًا يسأله إن كان يبيع مناديلًا ورقية، فطوّر من سلعته ولم يعد يبيع الأقلام وحدها، و كلما زادت السلع التي يضعها فوق طاولته الصغيرة المحمولة كلما ازداد عددَ المقبلين عليه، وكان كلما يئس وأحس بالإحباط يبتسم فورًا، و يتذكر نصيحة الرجل: ابتسم وحسب.

مرّت عدة سنوات، وأصبح لعادل محل صغير يبيع فيه بعض الأدوات المدرسية على غرار الأقلام، وبعض ألعاب الأطفال التعليمية، لقد أصبح مبتسمًا دائمًا، ودائم التفكير والتخطيط، ويحسن الإنفاق في المال الذي يجنيه، وهو الآن يدخر من أجل أن يلتحق بمعهد خاص لتعلم الإدارة، والحصول على شهادة، وقد كبرن إخوته البنات و التحقت الكبرى بالجامعة، وهي تساعده في تعلّم اللغات.

أصرّ عادل كثيرًا على تعليم إخوته، و شجعهن لإتمام دراستهن. وكان يهتم بكل مصاريف البيت، وتكاليف تعليمهن، وعمله في تطور مستمر، وقد أصبحت لديه مجموعة محلات، وهو يطمح الآن في إنشاء شركةٍ وإدارتها.

مرّت الأيام و السنون، ونجح عادل في إنشاء شركة لبيع جميع أنواع الأقلام، وقام بتسميتها: شركة ابتسم لكلّ أنواع الأقلام، وهو يعمل على تطويرها بشكل مستمر، لذلك هو اليوم حاضر في معرض كبير أُقيم في المدينة، ولقد تم دعوة معظم الشركات الناشئة، والكبرى لحضور المعرض، وكان عادل حاضرًا هناك بابتسامته العريضة، وبينما هو يحاول التعرف على أحد رجال الأعمال هناك، وتجاذب أطراف الحديث معه، فإذا بالجميع منشغلين بتفقد زوايا المعرض، والمنتوجات المعروضة ، حتى يأخذ طفل صغير كان حاضرًا مع والده يأخذ مجموعة أقلام، و يقف وسط الحضور، ويتظاهر ببيع الأقلام، مثل الباعة المتجولين، فيبدأ جميع الحاضرين بالضحك على حركاته، والبعض يستهزأ بالباعة المتجولين في الطرقات، وبينما هم كذلك يخرج رجل من بينهم، ويمسك بيد الطفل، ويقول له: الأعمال مهما كانت صغيرة، أو كبيرة تحتاج إلى رجل يديرها، و الأطفال الباعة المتجولون يديرون أعمالهم، ويمكن أن يصبحوا رجال أعمال .

مع عظمة هذا الموقف يتوقف الزمن للحظة، وتمر بين عينيّ عادل ذكرى لسنوات مضت، يتذكر يوم كان بائعًا متجولًا، و يتذكر

الرجل صاحب السيارة البيضاء، ومقولته التي أثرت فيه، ودفعته ليصبح على ما هو عليه الآن.

ثُمَّ يستفيق من صور ذكرياته، ودون تفكير يجد نفسه يتقدم نحو الرجل، ويقول له: ابتسم وحسب، و يلتفت إلى كل الحاضرين، وبكل فخر يقول لهم في يوم من الأيام. كنت طفلًا فقيرًا بائعًا متجولًا وهذا الرجل غرس في قلبي حب عملي، و قال لي أنني رجل أعمال صغير فقط بحكم سني، و سيأتي يوم، وأصبح رجل أعمال كبير وهأنذا أمامكم، وقال لي: ابتسم وحسب، لذلك بقيت هذه الكلمة محفورة في ذاكرتي، فأسميت شركتي ابتسم .

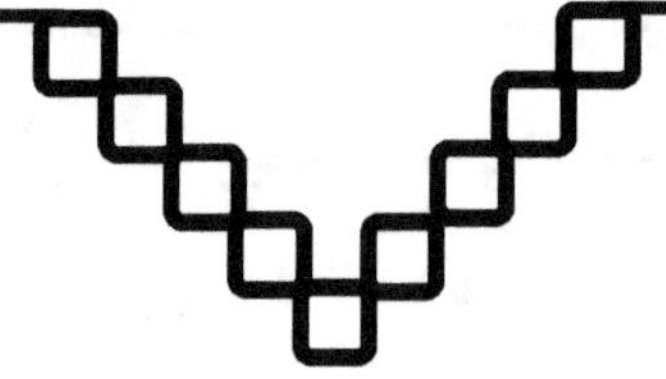

التفكير الإيجابي

تخرج خالد من كلية الهندسة حديثًا، وهو يبحث عن عمل منذ يوم تخرجه، ليستطيع الاهتمام بمصاريفه، ويخفف العبء على والدته ووالده، لقد اهتم والدا خالد كثيرًا بدراسته كونه ابنهما الوحيد، وكان تلميذًا نجيبًا، و ولدًا مدللًا عزيزًا، والاهتمام الكبير من طرف والديه جعلاه يتفوق في دراسته، و ينجح دائمًا بالمرتبة الأولى إلى أن جاء اليوم، الذي تخرج فيه، ومع خالد شهادة جامعية سامية، و بمعدل مميّز، ووالداه يحثانه على إيجاد عمل مرموق يليق به في شركة كبرى.

مرّت الأيام و الأشهر، و لم يتحصل خالد على قبول في أي شركة من الشركات التي تقدم إليها، حتى و صل إلى شركة حديثة النشأة. قبلت به كمهندس رئيس لمشروعها، وكان المشروع ضخمًا و بناءً حديثًا في المدينة، وخالد قبل بهذا العمل رغم الراتب الدنيء الذي سيتقاضاه، و ذلك لأنّ هندسة البناء ستكون من تصميمه و هو من سيشرف على كل كبيرة و صغيرة أثناء البناء، لذلك لم يهتم

خالد سوى بهذا الموضوع، لأنّه كان حلمه منذ دخوله كلية الهندسة، حلم التصميم و التخطيط من أول خطوة، ولكنه اضطر لإخفاء الأمر عن والديه، و تظاهر أنّه يعمل لدى شركة أخرى حتى لا يحزن أبواه .

والدا خالد علماه أن يكون إيجابيًا في كلّ أمور الحياة، وألا يحزن في أي موقف يصادفه، لكنهما الآن كبرا، وأصبحت أبسط الأمور تضايقهما، لذلك فضل خالد عدم إخبارهما بمكان عمله، وألا يعكر صفوة فرحهما بمكان وظيفته.

استمرّ خالد في الكدّ و الجد و العمل على مشروعه، وكان لا يتأخر أبدًا عنه في الصباح، بل و يكون آخر الخارجين من مقر الشركة مساءً، وقد كان يحرص على كلّ صغيرة و كبيرة، ويتقن كل خطوة من عمله.

أحبّ خالد عمله كثيرًا، و كان يتعمد الخروج متأخِرًا في المساء من مكتبه، ليس لسبب حبّه للعمل فقط، بل هناك سبب آخر لذلك، وهو أنّ الشركة التي يعمل بها قريبة جدًّا من بيته، بينما الشركة التي أخبر والداه أنّه يعمل بها بعيدة جدًّا، لهذا اعتمد التأخر في

مكتبه يركز و يمعّن التدقيق في عمله بدلًا من الخروج للتسكّع في الشوارع، وهكذا يعود في وقتٍ لا يتسبب لَه في الكثير من الأسئلة مع والديه.

اقترب الموعد النهائي لتسليم المشروع، والاحتفال بالإنجاز العظيم، و التحضيرات على قدم وساق، وقرر مدير المشروع القيام بمبادرة، لتعريف السكان بمجريات المشروع، و أي مستوى وصل إليه الإنجاز، وذلك بتنظيم يوم مفتوح للناس يمكّنهم من الدخول إلى ورشات العمل، واكتشاف الأشغال، و الأعمال القائمة به.

لقد قام المدير بطباعة إعلانات و توزيعها على كلّ العمال، من أجل المساعدة في الترويج لهذا اليوم، ولقد ترك خالد الإعلان الخاص به في جيب معطفه متناسيًا أمر والديه.

وجاء اليوم الذي اكتُشِفَ فيه أمر خالد، لقد أصبح الموضوع في فوضى كبيرة، لقد وجدت أمه الإعلان، وقدمته لوالده، و في ليلة ما قبل الحدث اجتمع الجميع على العشاء، وأخبر والد عادل أنّه ذاهب غدًا إلى الورشة، ليَحضُر التفاعلات المعلن عنها، وفي هذه اللحظة لم ينطق خالد بحرف واحد، و قرر الانسحاب من طاولة

العشاء، ولكنه بات يفكر فيما سيقوله غدًا لوالده عندما يراه وهو المشرف على كل المشروع، كما أنّه لا يستطيع التغيب غدًا، فالمدير يعتمد عليه في الإجابة عن أسئلة الناس، فهو الذي يعلم بكل تفاصيل المشروع .

وفي الصباح توجه عادل إلى عمله كالمعتاد، و قرر أن يمضي كل شيء كما نظمه هو و زملاؤه، ووصل إلى مكان عمله، و بدأ الناس يتوافدون إلى المكان، وخالد يترقب مجيء والده حتى رآه من بعيد يدخل مع والدته، وهما يتقدمان خطوة خطوة باتجاهه وهو في حيرة من أمره.

وعندما وصلا ألقيا التحية و قالا له: لم تخبرنا أنّك ستحظر اليوم.

خالد: (متعجبًا، ومرتبكًا): نعم ، أنا هنا ل....(وهو يتمتم).

الأم: وهي تبتسم، هلا رافقتنا يا خالد؟

خالد: طبعًا، طبعًا.

لَمْ يفهم خالد شيئًا، هل اكتشف والداه أمره، أم لا، وهو يرافقهما في الورشة، و ألف سؤال و سؤال يراوده.

اقترب والد خالد من أحد العمال في الورشة، وسأله: ماذا تفعل؟ فردّ عليه العامل بطريقة عصبيّة، و بلهجة عنيفة، بينما كان خالد يواري وجهه عن العامل حتى لا يفضحه أمام أبيه: ماذا أفعل برأيك، أحمل هذه الأحجار من هذا المكان إلى هناك، هذا عمل صعب، وأنا أتصبب عرقًا، و مهندس المشروع دقيق في كل شيء، فعلي التركيز في أحجام الحجارة، و أنواعها، و أرتبها قبل نقل كل منها إلى مكانها، هذا و خالد مازال يحاول إخفاء وجهه حتى لا ينتبه إليه العامل، ثم تركه والد خالد، ومضى إلى عامل ثاني.

يَعتذر خالد من والديه، ويتحجج بأنّ عليه الذهاب، لأنّه نسي نظارته، فيخرج والده نظارة شمسية، ويناوله إيّاها، و يطلب منه مواصلة التجوال معهما، حيث التقوا بعامل آخر، وقد ارتاحت نفسية خالد بعد أن لبس نظارة والده، وهكذا لن يتعرف عليه هذا العامل.

وسأله والد خالد نفس السؤال: ما الذي تعمل، فأجابه العامل: أقوم بتشكيل هذه الحجارة حسب أوامر المهندس المعماري، وهذا أمر متعب و ممل أحيانًا، ولكنني أكسب منه قوت عيشي (وهو يتأفف)، تركه والد خالد ومضى إلى عامل آخر.

كان العامل الأخير يحمل أوراقًا كبيرة في يده تظهر عليها رسومات و مخططات، فكادت الصدمة تقتل خالد، لأنّ هذا العامل هو المهندس الثاني في المشروع وهو نائبه، لقد بات الأمر واضحًا. سيكتشف أمر خالد، والمصيبة الأكبر أنّه وقبل أن يتحدث إليه أمر خالد أن ينزع نظارته، وقال له: ما الذي تعمل هنا؟ فيجيبه في تذمر واستياء: أهدر وقتي، وأتقاضى راتبًا زهيدًا، ويواصل ماذا تراني فاعلًا. لقد ضاعت سنوات تعليمي، وتعبي هباءً، فيقاطعه والد خالد: هل ترى هذا الشاب الواقف أمامك، إنّه المسؤول عن بناء أكبر ناطحة سحاب في مدينتنا، وتبتسم أم خالد فخرًا، وتخبره بعلمهما بعمله، ليتنفس خالد الصعداء ، فينظر خالد إلى زميله ويقول: نعم نحن نقوم ببناء أول ناطحة سحاب في منطقتنا، فكُنْ إيجابيًا يا صديقي.

اتخاذ القرار

سلمى ونور صديقتان منذ الطفولة، وهما مقربتان جدًا، ولا يمكن لشيء أن يفرقهما رغم المكانة الاجتماعية المختلفة، فسلمى فتاة غنيّة جدًا على عكس نور التي تقطن بحي فقير، وتعيش مع عائلتها في وضع مادي مزرٍ، ولكنهما أكثر من أي أختين، بل هما الصديقتان المقربتان إلى بعضهما البعض، وتجمع بينهما صداقة قوية، وسلمى تحاول دائمًا ألا تترك الفارق المادي يؤثر في علاقتهما، لأنّ نور كثيرًا ما تتضايق من هذا الموضوع، خصوصًا في المناسبات والحفلات التي تدعوها إليها سلمى حيث كلّ مقرباتها وأقربائها من الأثرياء، وهذا يسبب لنور الكثير من الإحراج بسبب ملابسها و رداءة حذائها وحقيبتها. وغالبًا ما تستعير كلّ ملابسها، ولكنّ الحب العميق في قلب الصديقتين أقوى من كل شيء.

كان لسلمى سوار جميل تلبسه في كل المناسبات، ولا تستغنى عنه أبدًا، رغم قدرتها على شراء الآلاف بدلًا منه، و نور تحب هذا

السوار كثيرًا، و تطلب استعارته من صديقتها لكنها ترفض؛ تقدم لها أي شيء ما عدا هذا السوار فهو هدية غالية جدًا من جدتها المتوفاة، و ذكرى لا تقاس بالذهب والفضة، وخشية سلمى من ضياعه، وهي ترفض إعارته حتى لأعز صديقاتها.

مرّت الأيام، وجاء اليوم الذي تخرجت فيه الصديقتان من الجامعة، بعد سنين طوال من الكد والاجتهاد، واليوم في الصباح الباكر تتصل نور بصديقتها سلمى، وتلح عليها إلحاحًا شديدًا، وتخترق المئات من الأعذار من أجل استعارة شيء واحد أحبت ارتداءه منذ سنوات، وهو سوار سلمى العزيز، وذلك لترتديه في الاحتفال، الذي سيقام في بهو الجامعة احتفاءً بتخرج دفعة هذا العام من الطلبة، وسيتم تكريم الطلبة النجباء، وستكون نور بينهم لحصولها على درجة متفوقة، وربّما ستكون جائزتها منحة دراسية إلى خارج البلاد، ولم يكن أمام سلمى إلا القبول، فبعد كل هذه السنوات، وصديقتها تلح، واليوم ستحتفل البنتان بتخرجهما، وستنتقل كل منهما إلى حياة أخرى عملية أكثر، وربما سيفترقان عن بعضهما إن تزوجا ؛ كل هذه التوقعات والمخاوف من أن تفتقد

سلمى صديقتها جعلتها تفكر في إرضاء فضول صديقتها الحميمة، وتقرر أخيرًا إعارتها السوار.

لم تتمكن نور وسلمى من النوم ليلة الحفل، وسهرا طوال الليل مستيقظتين يتحدثان عبر الهاتف إلى حين بزوغ الفجر، ومع اكتظاظ الصباح بالتحضيرات و التجهيزات مرّ الوقت بسرعة، والحفل كان جميلًا جدًا، وجاء وقت تسليم الجوائز، وفعلًا حازت نور على منحة تمكنها من مزاولة دراستها خارج البلاد.

وفي لحظة كان الجميع يحسد فيها نور على وقفتها العالية هناك على منصة التتويج مع أفضل الأساتذة والدكاترة. وهي أفضلهم في الجامعة وقتما استلمت شهادتها و جائزتها، لكنَّ نور حاضرة هناك كجسدٍ لا كروحٍ.

عندما مدت يدها لتستلم جائزتها انتبهت إلى سوار صديقتها، لقد أحست أنّه سيغمى عليها، السوار باهظ الثمن مفقود، ولا تعلم أين فقدته بالضبط و متى؟ منذ البارحة وهي في فوضى من الحواس والتحضيرات أخذت كل وقتها.

لن تقوى نور على إخبار صديقتها بالموضوع، وهي تعرف أنّ هذا السوار غالي الثمن،

فقررت الخروج من الحفل مباشرة، والسفر إلى بيت خالتها ريثما تجهز نفسها للهجرة، والدراسة مستفيدة من المنحة المقدمة إليه، وقد غيّرت رقم هاتفها، ولم تخبر أحدًا بمكان تواجدها، وهاجرت بعد مدة تاركة والدتها المريضة، وإخوتها الصغار، مصممة على الدراسة والعمل من أجل شراء سوار آخر شبيهًا بسوار صديقتها، وإرجاعه إليها، فرغم صداقتهما ورغم كل شيء فكرامتها لا تسمح لها بمواجهة صديقتها، وإخبارها أنّ السوار ضاع. فهي تريد تعويضه أولًا. لطالما كان كبرياؤها وعنادها سببين لكثير من المشاكل بينها و بين سلمى.

بعد مرور سنوات توفيت والدة نور، واضطرت للمجيء إلى العزاء حيث التقت بسلمى، والتي عانقتها بلهفة و شوق كبيرين، وسرعان ما أمطرت عليها فيضانًا من الأسئلة والاستفسارات، تارة عن سفرها الغريب، وتارة عن عدم تواصلها معها، وكيف لها أن ترمي بصداقة السنين عرض الحائط؟

عندما تم دفن والدة نور، و مرت بعض الأيام حيث استطاعت نور تخطي الصدمة، واستجماع قواها. أخبرت صديقتها الحقيقة، وفي ذهول كبير صرخت سلمى في وجه صديقتها: ليتك أخبرتني صحيح أنّه كان عزيزًا جدًا عليّ، ولكن ليس لأنّه باهظ الثمن، بل لأنه هدية من جدتي المتوفاة، وهو ليس لؤلؤًا حقيقيًا، بل مزيفًا. لكنّني كنت أحبّه كثيرًا، وحتى أنني لم أنتبه بعد سفرك له، قلقي عليك كان كبيرًا، فيا ليتك أبلغتني قبل أن تتخذّي هذا القرار .

ما كان على نور إلا السقوط مغمى عليها، لقد ضيعت بعنادها أعز الناس عليها، لم تأت لزيارة والدتها منذ سفرها خوفًا من شيء تافه، قرارها كان قاسيًا عليها، وعلى أكثر الناس قربًا إلى قلبها.

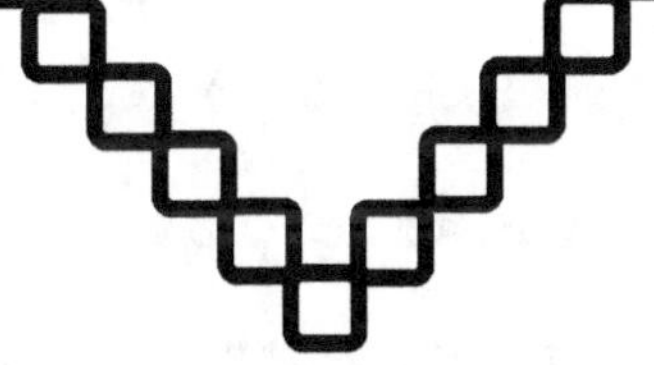

تقبل الآخر

كان هناك قرية تقع بقرب نهر عذب تتصف بكثرة البساتين، والأشجار الخضراء المثمرة، وكان يشتغل غالبية أهلها ببيع الثمار إلى القرى المجاورة حيث يعبرون النهر عبر جسر قديم مصنوع من الحبال. و كان يرأس القرية شيخ كبير، ولكنّه على قدر من العلم و الحكمة. و قد حكم القرية لسنوات عديدة، وأصلح فيها أشياءً كثيرة، وللشيخ ولدان شابان "عمر وحاتم" حرص على تربيتهما وتعليمهما جيدًا، و تلقينهما مبادئ وأسس القيادة، لأنّ أحدهما سيترأس القرية بعد وفاته، كما جرت العادات المعمول بها عند أهل القرية و الشائع و المعروف أنّ الابن الأكبر هو الأولى بمنصب الرئاسة. لكنْ، ليس في هذه الحالة لأنّ ابنا الشيخ هما توأمان. وأحدهما هو حاتم مصاب بإعاقة جسدية تمنعه من السير على أقدامه، وهذا أمر حيّر الشيخ منذ ولادتهما، وهو حديث السكان حاليًا بعد أن شاع خبر مرض الشيخ وقرب أجله، والجميع يرفضون حكم حاتم بحكم إعاقته، فأراد هذا الشيخ الحكيم أن يحل

هذه المسألة قبل وفاته. حتى لا يكون بين أبنائه خلاف على المنصب يتسبب في عداوة و قطيعة بين الإخوة، وأن يجد طريقة ترضي أهل القرية .

جمع الشيخ ابنيه قائلا: "يا أبنائي منذ أن توليت هذا المنصب، وأنا أعمل على حل مشاكل أهل القرية، والاهتمام بجميع متطلباتهم، لكنْ، مرّ أهل القرية بظروف عديدة، و أزمات كانت لها الأولوية عند السكان، و لكنّني كنت دائمًا أحلم بحل مشكل الجسر القديم الذي أصبح يعطل التجار عن بيع منتجاتهم من الثمار، وكذلك يصعب تنقل الأفراد إلى باقي القرى؛ فيا ولدان أطلب منكما حلًا لهذه المشكلة، فكما ترون أنا الآن غير مناسب للقيام بعمل كهذا!".

أعطى الشيخ لكلّ من ولديه مبلغًا من المال، وحدد لهما فترة من الزمن مؤكدًا على التفاني في العمل وإتقانه والانتهاء منه قبل موعد قطف الثمار وبيعها، حتى تعمّ الفائدة على جميع الأهالي.

ركز عمر على ترميم الجسر القديم، واختار عددًا من شبان القرية للعمل معه، و كان هو المشرف عليهم، أحب عمر ممارسة

دور القائد و إصدار الأوامر و كان على ثقة عمياء بعماله، فلم يكن يرافقهم إلى مكان العمل إلا نادرًا بعد أن كان يوميًا يستيقظ متأخرًا، وغلبه الغرور والتفاخر بقدراته الجسدية ظنًّا منه أنّه سيخدع والده وسيصدقه، وأنّ أخاه المعاق لن يستطيع فعل شيء، ولن ينجح في بناء الجسر، أو ترميمه .

في المقابل كان حاتم قد درس مشروع الجسر برفقة شاب من أهل القرية يدرس الهندسة، و لأنّه كان يراقب و يتفقد يوميًا ضفّتا النهر، و كيف سيكون عليه الجسر، لاحظ أنّ عمال أخيه يحاولون بدون فائدة إصلاح الجسر القديم، وانتبه إلى أنّ إصلاحه سيفيد فقط في تنقل الأشخاص دون استخدام المركبات، فقرر بناء جسر جديد، واستعان بعدد كبير من رجال القرية المتعلمين الذين أرشدوه إلى استعمال مستلزمات بناء صلبة، واستمر بمناقشة مجريات العمل، ومشاركته مع كل فرد من أفراد القرية كلٌ حسب تخصصه وخبرته، ولم تمنعه أبدًا إعاقته من نشر أفكاره بين الأهالي و إقناعهم بخططه، وبقوة إرادته وذكائه تمكن من جلب الكثير من العمال لمساعدته في تنفيذ مخططاته .

تبقى أيام قليلة على الموعد المحدد لبناء الجسر، و قد استنفذ عمر كامل أمواله في أموره الخاصة، ولم يهتم يومًا بِمَا يحتاجه عماله، وقرر أخيرًا تفقد مجريات عمله، فتفاجأ أنّ عماله لم يغيّروا شيئًا يذكر، ولكنَّ المفاجأة الأكبر التي أذهلته وجود جسر عملاق ومئات من سكان القرية يواصلون بناءه بكل تفانٍ و إخلاص. ويحرصون على إتمام كلّ التفاصيل.

حينها أدرك عمر أنّ أخاه حاتم قام بِحَثّ الأهالي على المساهمة في البناء، وجمع التبرعات لشراء كل اللوازم، وقد اقترب إنجاز شقيقه على الانتهاء، و لم يبق في حوزته، لا مال، ولا وقت كافي لاستدراك الموقف، فكيف سيبرر عمله لوالده؟

في صباح اليوم الموعود جمع الشيخ ولديه، وجميع أهل القرية أمام الجسر الجديد للاحتفال بهما، وبهذا الانجاز العظيم، والوحيد الذي لم يفرح هنا هو عمر الذي لم يتقبل فكرة أنّ أخاه المعاق قام بكل هذا الانجاز، والصدمة الكبرى أن الشيخ أعلن أمام جميع الحاضرين أنّ حاتم هو من سيكون حاكم القرية بعد وفاته. ففرح جميع الأهالي بهذا الخبر بعدما وجدوا في حاتم من خبرة وذكاء و إخلاص في العمل، وتقبلوا الأمر بكلّ حب وثقة.

الغضب و التسامح

في منزل جدتي كنا دائما نقضي أجمل الأوقات، في عطلة نهاية الأسبوع، أو في العطلة الصيفية، أنا وابنة خالي سارة كنّا مثل الأخوات، وكانت جدتي تهتم بنا كثيرًا، وتُفضلنا على بقية أحفادها. فنحن الأكبر والأعز في نظرها، وكنا نفضل هذا الوضع كثيرًا، ولا نقبل بغيره وسط كل أبناء و بنات العائلة.

وأهم شيء كانت تهتم به جدتي نشر التسامح و المحبة بيننا، فكانت تقسم الأعمال المنزلية، والروتينية اليومية بيننا لنديرها بالتناوب، فلا يكل أحد منا، ولكنْ، حصل في يوم من الأيام بيني وبين سارة خلاف حول ديكور المنزل حيث اخترت ترتيبًا معيّنًا وافقت عليه جدتي. وفي اليوم الذي جاء فيه الدور على سارة غيّرت هي الأخرى من ترتيب المنزل والأغطية، وغيرها الكثير. فأعجبت جدتي بعملها كثيرًا. ممّا أثار إعجاب جدتي لما قامت به من ترتيب وتنظيم أعطى ديكورًا مناسبًا للمكان. وطلبت منها

المحافظة على هذا الديكور، لأنّها ترى أنّه أفضل ممّا قمت به أنا. وهذا كله قد أثار غيرتي وحقدي عليها.

أعمت الغيرة قلبي وعقلي، فقمت متعمدة أثناء الغداء بسكب العصير على السجاد، وتعمدت ترك النافذة مفتوحة ليلًا بعد أن قامت جدتي بغلقها، ولأنَّ هبوب الرياح كان قويًا في الليل، فقد سقطت بعض المزهريات ممّا أدى إلى كسرها، وهذا كان هدفي الشيطاني والماكر.

وفي صباح اليوم الموالي كان على سارة غسل السجاد المتسخ بالعصير، و تنظيف الفوضى الحاصلة بسبب الزجاج المكسور. كلّ هذا وسارة لا تعلم بنواياي السيئة اتجاهها، وقد شعرت بالندم لما حصل، لذلك قررت مساعدتها في أعمال التنظيف والترتيب.

انتهى هذا اليوم المتعب وسارة تشعر بالخجل من جدتي بسبب انكسار أهم المزهريات المحببة لديها، وعندما كان الكل تائهًا في تفكيره، مستاءً مما حصل جاء ابن خالي الصغير، ليفجر قنبلة العداوة بيني وبين سارة، لقد فضح أمري، وبكل برودة يخبر الجميع أنّه رآني، وأنا أفتح النافذة على مصراعيها متعمدة إحكام

فتحها، ولم يتم كلامه حتى نطقت سارة وبأعلى صوتها معلنة كرهها لي، وغضبها مني، وفضحت أمر العصير، وأنا التي كنت أظن عدم انتباهها له، ولقد أخبرت الجميعَ أنني تعمدت سكبه حتى تقوم بتنظيف السجاد مرّة أخرى، وأنّني تعمدت فتح النافدة أيضًا.

بدأ الجميع ينظرون إليّ نظرة احتقار، واستاءوا من تصرفاتي، و بدوت صغيرة في نظرهم، ولم أجد ما أبرر به تصرفاتي، ولم أتمالك أعصابي. حتى وجدت نفسي أركض متجهة نحو غرفتي، مغلقة الباب خلفي، ولم أسمح لأحد بالدخول، ليكلمني. حتى جدتي التي ألحت بطرق الباب مِرارًا و تكرارًا دون جدوى، فلم يبق لي ما أحفظ به ماء وجهي.

مرّت أيام من عطلتنا سيئة للغاية، فكلانا لا تكلم الأخرى، وبقي أسبوع واحد، ويعود كل منا إلى دياره، ونحن على هذا الحال، وجدتي تراقبنا يومًا بعد يوم، ورغم إدراكي بأنني المذنبة إلا أنني لم أبادر بطلب العفو منها، بل على العكس لمتها هي بعدما فضحتني أمام كلّ أفراد العائلة.

و اليوم نادتني جدتي إلى المطبخ، و أجلستني على الطاولة حيث كانت تضع مجموعة من الخضر والفواكه، وطلبت مني أن أختار حبة خضر أو فاكهة من بين المعروضة على الطاولة، و أضعها في صندوق وضعته أمامي و ذلك بعد أن تخرج من المطبخ، وطلبت مني أن أُحكم غلقه جيّدًا. وأحتفظ به لمدة أسبوع، وأخبرتني أنّها فعلت الشيء نفسه مع سارة، وأنّ كل واحدة منّا ستقدم للأخرى صندوقها كهدية مغفرة وتسامح بيننا. بعد نهاية هذا الأسبوع، وهو آخر يوم في العطلة. وقبل أن نفترق عن بعضنا، فإذا بهذه الصناديق ستبقى في بيت جدتي كذكرى لصلحنا، ولن نقوم بفتحها.

لم أفهم جيّدًا قصد جدتي حول كل هذا، ولكنني اخترت حبة بطاطا كبيرة الحجم، و وضعتها في الصندوق، وقلبي مليء بالغل، ولا يتحمل الحديث عن الموضوع، ولم أهتم بالعواقب، وكل الذي همني أنّ سارة لن تفتح الصندوق، ولن تعرف ما بداخله، وبالعكس ظننت نفسي ذكية، فأخدعها بوزن الصندوق، لذلك اخترت حبة بطاطا كبيرة جدًا، بل ضخمة. وكنت مطمئنة لفعلتي أكثر بعدما أحكمت

غلق الصندوق، وطبعًا هي لم تعرف ما الذي اخترت من بين تلك الخضروات و الفاكهة.

مرّت أيام الأسبوع بسرعة كبيرة، وكنت كلّ الوقت أفكر في أمر الصندوق بكل فضول، وما الذي يمكن أن تكون قد وضعته سارة في صندوقها الذي ستقدمه هديّة لي، ولم ألق نظرة على صندوقي أبدًا منذ وضعته في خزانتي إلى أن جاء هذا اليوم، وأثناء جمعي لأغراضي من الغرفة، وتوضيب ثيابي في حقيبتي وترتيبها، أحسست برائحة كريهة منبعثة من الخزانة واكتشفت أنّها منبعثة من الصندوق، فوقفت للحظة في دهشة كبيرة من هول الموقف، ولم أعرف كيف أنقض نفسي من هذه المهزلة، والفضيحة الأكبر. وبقيت في مكاني متجمدة لا أستطيع الخروج من الغرفة. وما الذي سأفعله: هل آخذ الصندوق وأقدمه لسارة وهذه الرائحة منبعثة منه، إنّها رائحة البطاطا التي تعفنت بداخله، وستعرف سارة ما الذي بداخله حتى و إن لم تفتحه، وبدأت جدتي تطرق الباب تناديني للقدوم إلى غرفتها، فاستسلمت لخيبتي، وذهبت إليها، وأنا أحمل ذلك الصندوق، وأكاد أتحمل رائحته، وأفكر في ملامح وجه سارة كيف ستكون؟

وعند وقوفي أمام باب الغرفة، و قبل أن أطرق الباب أحسست أنّ الرائحة الكريهة قد تفاقمت. لم أفهم شيئًا، ولم أرد غير أن تنشق الأرض و تبلعني، والندم يقتلني، وقد فتحت سارة الباب لي، ونفس ملامح وجهي على وجهها أيضًا.

كلانا خجلة من الأخرى، والصندوق الذي كانت تحمله تنبعث منه رائحة أقوى من رائحة صندوقي، وبينما نحن نحاول تجنب النظر إلى بعضنا حتى همت جدتي بسؤال سارة، ومِنْ ثَمَّ سؤالي بالسؤال نفسه: ما الذي وضعنا في الصندوق؟

خجلت كلُّ منا من الإجابة، ورغم أنّ جدتي وعدتنا بعدم فتح الصناديق إلّا أنّ الرائحة فضحتنا، وعرفت أنّ سارة اختارت حبات بصل، وأرادت هي الأخرى خداعي بوزن الهدية. عندها أخبرتنا جدتي أنّ حجم الكُره الذي في قلوبنا هو نفس حجم الهدية ونوعها، التي اختارت كل منّا إهداءها للأخرى، وأنّ هذا الكره سيتعفن مثلما تعفنت هذه الهدية، وستنتشر رائحتها في كلّ مكان. ولن يعود الكُره مخبّأ في قلوبنا فقط، بل سينتشر و يكبر، ولن تكون عواقبه سليمةً أبدًا، لذلك طلبت منا انهاء خلافنا. وطبعًا تعلمنا درسًا قاسيًا وغاليًا، وندمنا على عنادنا. وعرفنا أننا لو بقينا

هكذا لبقى الكره دفينًا في قلوبنا إلى الأبد. وكلما كبر كلما تعفن وأصبح كريهًا أكثر فأكثر. وتعانقنا أنا وسارة باكيتين، ولكن في قلبينا كلّ الحب والمغفرة و التسامح.

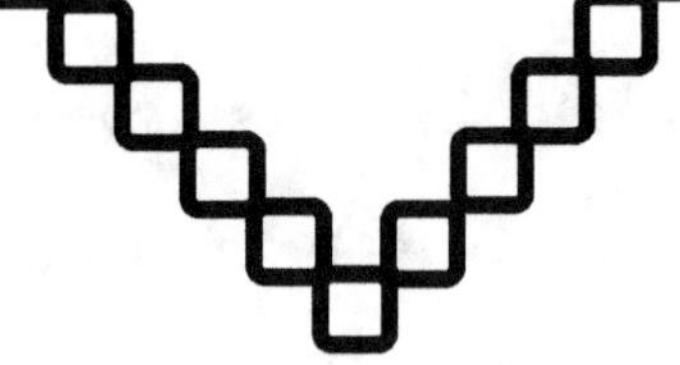

الثقة بالنفس

كرم ويزن توأم يعيشان مع والديهما اللذين أحاطاهما بالرعاية والاهتمام منذ الصغر، ولأنّهما الولدان الوحيدان في العائلة فقد كان الاهتمام منصبّا على كل صغيرة و كبيرة يحتاجانها، و كانت والدتهما دائمًا تشتري لهما نفس الأشياء ضنًا منها أنّها تعدل بينهما.

بالرغم من أنّهما توأم، إلا أنّ كرم كان ذكيًا جدًا على عكس يزن الذي كان متوسط الذكاء، ويتصف بالهدوء والخجل، وكرم لديه شخصية قوية منذ الصغر، و يعبر عن كل رغباته أمام والديه، فكانا يشتريان له ما يريد، ولكي يعدلا بين الولدين. يشتريان نفس الأشياء ليزن، واستمر الأمر على هذا المنوال، ولأنّ يزن لم يكن يعارض، بل يبدي إعجابه بأي شيء، ومع مرور السنوات، وهما يدرسان سنة بعد سنة اعتاد يزن على تقليد أخيه في كل شيء، وحتى أثناء المراجعة كان يزن يغيّر من إجابته إن كانت مخالفة

لإجابة أخيه، وهو لا يبدي رأيًا في أيّ موضوع؛ يوافق أخاه في كل صغيرة و كبيرة .

انتبهت الأم إلى موضوع التقليد هذا بعد أن أصبح الولدان في الإعدادية، وأصبحت ترى يزن بدون شخصية، يلبس ما يختاره أخوه، لا يأكل حتى يأكل أخوه، ولم تعد تعرف ما يحبه ابنها، وما يكرهه، وحتى إن اختار شيئًا معيّنًا سيغيره حتمًا إن لم يختر أخوه نفس الشيء، لقد بات الأمر واضحًا، فيزن لا يملك ثقة في نفسه.

قررت الأم أن تفصل ابنيها عن بعضهما البعض في المدرسة، فغيّرت مدرسة يزن، وأخذته إلى مدرسة أخرى من أجل أن يتعرّف على أصدقاء جدد، ويعتمد على نفسه في اتخاذ قراراته، وسرعان ما تأقلم يزن مع محيطه الجديد، وتعرّف على زميل جديد أحبّه، وتعلّق بهز وجاء اليوم الذي عزمه فيه إلى المنزل، ليعرفه على عائلته.

على طاولة الغداء شعرت الأم بتحسن كبير في ولدها، وهو يتجاذب أطراف الحديث برفقة صديقه الجديد، ويعرّفه على أخيه كرم، ثم بدأوا يتحدثون عن الامتحانات، وحينها أخبرهم أنّ يزن

غيّر كل إجاباته في الامتحان عندما نظر إلى ورقته، وكان سيحصل على العلامة الكاملة لو أنّه لم ينتبه إلى ورقته، وخاب أمل الأم مرّة أخرى، وعرفت أنّ ابنها مازال ضعيف الشخصية، ولا يستطيع اتخاذ قراراته بنفسه، و تحمل عواقبها.

مرّت السنوات و نجح الولدان في الوصول إلى الجامعة، وتحصل كرم على علامات مميّزة بينما نجح يزن بعلامات دنيئة، ومازالت الأم تعيش في مخاوفها من أن يبقى يزن ضعيف الشخصية، ولا يملك ثقة في نفسه، ولا في قدراته، وهي متأكدة من أنّ ولدها قادر أن ينجح بأعلى العلامات.

عندما سمعت خالة التوأم بنجاحهما، جاءت لتبارك لهما، وهي تعيش في بلد آخر، ولم ترجع منذ سنوات، وعندما وصلت علمت بما يحصل مع يزن وحالته النفسية، فقررت مساعدته.

جلست خالة يزن معه، وبدأت تحدثه، ثم عرَضَت عليه شيئًا مكتوب عليه مبلغ كبير، ودوّنت اسمه عليه، وأخبرته أنّه باستطاعته أن يصرف هذا المبلغ، ويقوم بعمل مشروع مربح

بشرط أن يعيد المبلغ خلال أربع سنوات، وأنّها سترجع لاستعادة المبلغ في زيارتها المقبلة إلى الوطن.

قام يزن بالبحث عن عمل. وفعلًا تم توظيفه، ولم يشأ صرْف المبلغ حتى يتمكن من اكتساب خبرات جديدة، والدخول في عالم الشغل أكثر فأكثر، وبقى مواظبًا على العمل. يتردد في صرف المبلغ، ومع مرور الوقت استطاع أن يخلق عمله الخاص، وأصبح له مدخول وفير. وطوّر من عمله شيئًا فشيئًا دون أن يصرف ذلك المبلغ تاركًا إياه للحالات الطارئة.

مرّت السنوات الأربع بسرعة، و يزن أصبح شخصًا آخر تمامًا، لقد استجمع قواه، وأصبح يقرر كل أموره بنفسه، ويتحكم في قراراته، وأمه فخورة جدًا به، ولا تعلم السرّ وراء كل هذه التغيّرات.

واقتربت الخالة من يزن، وبدآ يتبادلان الحديث، ثُمَّ قام وأخرج الشيك من جيبه، وناوله لخالته، وصارحها بأنّه لم يصرفه بعد. ابتسمت الخالة، واعترفت ليزن أنَّ هذا الشيك مزيف، وأنّها لا تملك مثل هذا المبلغ. وأخبرته أن هذه خطة اتبعتها لتغذية ثقته

بنفسه، لكي يصبح أقوى، وتظهر قدراته الكامنة. ولأنَّ خالته موقنة بذكائه، وإنَّ ما ينقصه فقط هو المحفز الذي يخرج هذه القدرات الكامنة إلى النور، فكان هذا الشيك بمثابة بر الأمان التي اعتمدت عليه، ليكون المحفز له، ويعد بمثابة قوة له، فأثبت أنّه كان مثابرًا غير خائف من العواقب.

وقف يزن تغمره الدهشة، ويفكر في تلك السنوات الكاملة التي مرت، وهو يعمل و يكد ويفاوض بقوة لاقتناعه بأنّ هناك نصف مليون دولار خلفه!

حينها أدرك أنّ النقود لم تكن هي التي غيَّرت حياته ، بل الذي غيرها هو اكتشافه الجديد المتمثل في (الثقة بالنفس) فهي التي تمنحك قوة تجعلك تتخطى أخطر فشلًا وتحقق أعظم إنجازًا .

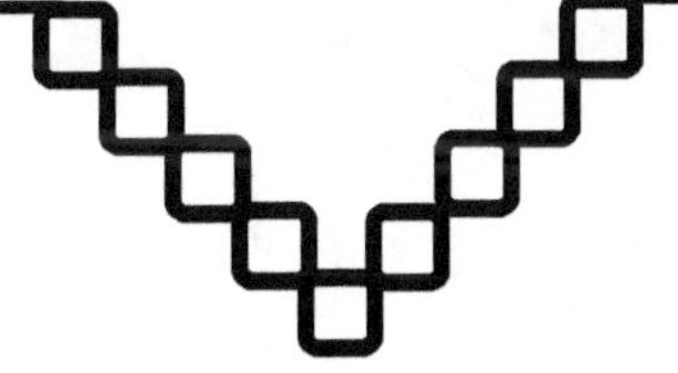

- وفاء سليمان
- إخصائية نفسية في مجلس أبوظبي للتعليم بالإمارات.
- مستشار تربوي وأسري.
- مدرب دولي.
- كاتبة تربوية.
- حاصلة على ماجستير في التنمية البشرية.
- نشر لها كتاب " دليل الآباء والأمهات لطرق تحسين ذكاء أطفالهم " ـ دار ملهمون للنشر والتوزيع.

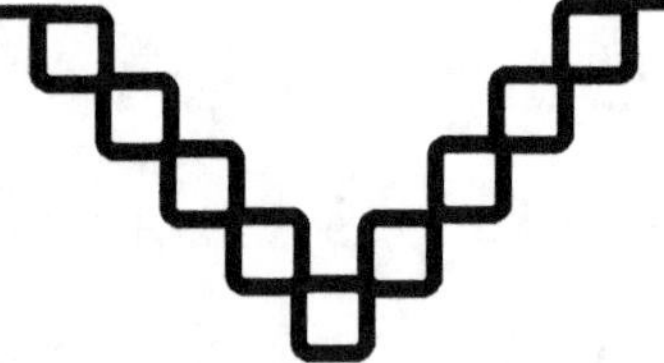

لقراءة الأكواد Play Store من QR CODE Scanner قم بتنزيل برنامج

ضيف هاتف الدار على موبايلك مباشرة   لزيارة موقع الدار

لزيارة صفحة الدار   للتواصل مع الدار واتس آب

مجلة الدار لإصداراتها الورقية